PETITS POÈMES INDUSTRIELS

J. DEHEM

LA RÉSURRECTION DU CRÉDIT

POÈME

ÉPIQUE, FANTASTIQUE, LYRIQUE, BIOGRAPHIQUE, SÉRIEUX ET FANTAISISTE

EN DEUX CHANTS

une Dédicace, un Prologue, une Invocation et une Apothéose

PARIS,
CHEZ TOUS LES LIBRAIRES
1874

LA

RÉSURRECTION DU CRÉDIT

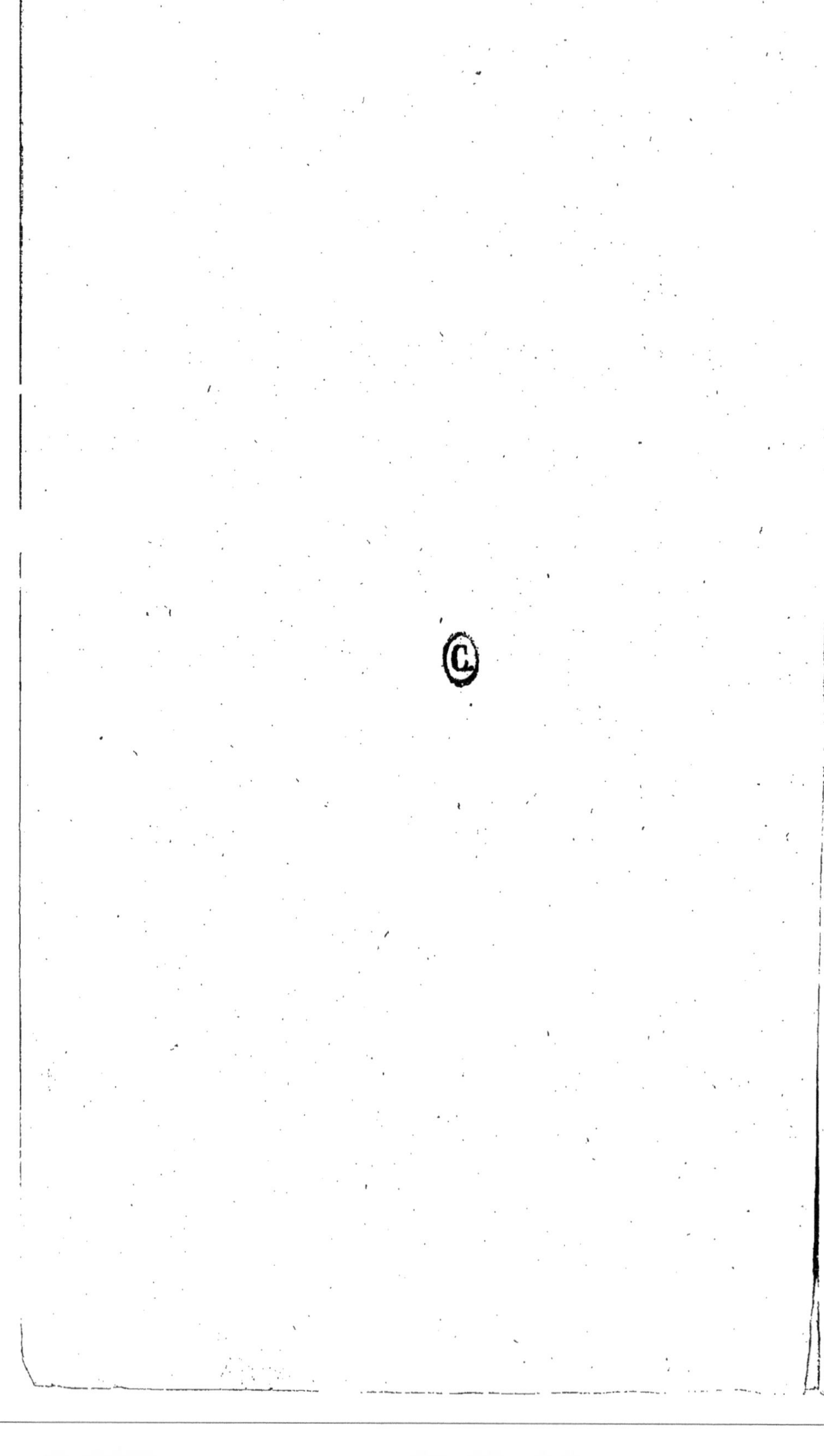

PETITS POÈMES INDUSTRIELS

J. DEHEM

LA

RÉSURRECTION
DU CRÉDIT

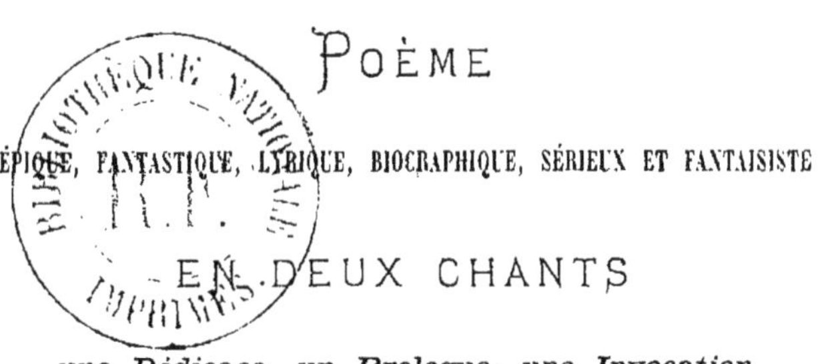

POÈME

ÉPIQUE, FANTASTIQUE, LYRIQUE, BIOGRAPHIQUE, SÉRIEUX ET FANTAISISTE

EN DEUX CHANTS

une Dédicace, un Prologue, une Invocation
et une Apothéose

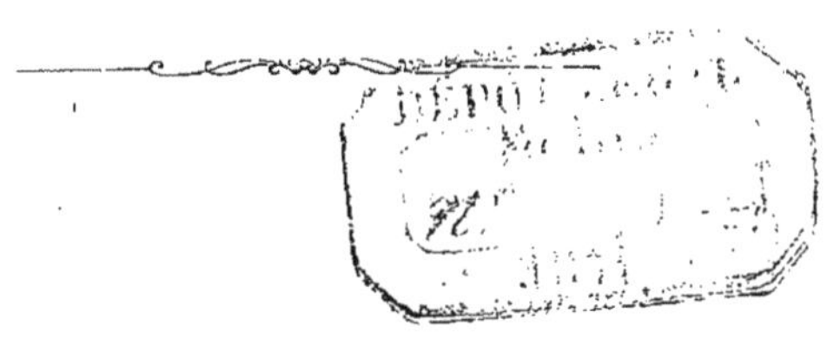

PARIS
CHEZ TOUS LES LIBRAIRES
1874

LA
RÉSURRECTION DU CRÉDIT

DÉDICACE

Autrefois le poète, à quelque grand seigneur
Dédiait son poème, et, courtisan flatteur,
Célébrait en grands vers, dans une dédicace,
La générosité de son antique race.
Qu'avait fait comte ou duc pour mériter ça? Rien.
Mais, fiers d'être chantés en vers, ils payaient bien.
Aujourd'hui le progrès, dans sa course rapide,
A rempli des rimeurs la bourse jadis vide.
Ils ne sont plus forcés, cœur triste et le front bas,
De dire, à prix d'argent, ce qu'ils ne pensent pas...
Ils chantent, il est vrai, les Arts et l'Industrie;
Mais ne chantent que ceux qui, par leur énergie,
A force de talent, de veilles, de sueurs,
Ont conquis un grand nom parmi les travailleurs;
Et qui, lorsque partout on les en félicite,
Peuvent dire : « J'ai fait une œuvre de mérite ! »

Voilà pourquoi, Crépin, j'ai pu t'offrir à toi
Ce poème; à toi qui du Crédit es le roi;

A toi persévérant, qui, rempli de courage,
As marché droit au but, en philosophe, en sage...
Méprisant tous les cris, fort de ta loyauté;
Soutenu par deux mots : *Progrès, Humanité!*

Le succès t'a souri, je le sais; mais qu'importe?
Quand Richesse et Succès entrent par cette porte
Sur laquelle est inscrit en larges mots : *Honneur!*
On peut les saluer sans passer pour flatteur...
Ton nom, tu l'as conquis; ta fortune, amassée...
Nul, certes, mieux que toi, dans l'époque passée,
N'a vraiment mérité qu'on le chantât gaiement,
Toi qui sus décupler la force de l'argent;
Toi qui par ton labeur, idée humanitaire,
Sus faire tant d'heureux sur notre pauvre terre...
Salut! et que ces vers constatant ton succès.
Te fassent oublier les méchants, les niais,
De tes progrès jaloux, qui voudraient faire croire
Qu'elle n'existe pas, en bavant sur ta gloire...
En ce poème, enfin, reconnais les accents
De deux cent mille heureux qui sont reconnaissants.

Prends ces chants, ô Crépin! A toi je les dédie,
Grand seigneur du travail, Roi de l'économie!

PROLOGUE

Un poème aujourd'hui... Des vers, c'est de l'aplomb !
Au siècle où l'on ne lit même pas, tout du long,
Un roman bien corsé dans lequel — et sans rime —
A chaque page on voit un adultère, un crime.
Un poème, voyons, mais c'est fort ennuyeux;
Mais avant de l'ouvrir on fermera les yeux,
Mon cher monsieur... Des vers, ah ! singulière idée.
Oh ! je sais tout cela. Ma muse décidée
N'a point bronché du tout... elle croit au succès.
Et je continuerai bravement mes essais.
On ne lit plus les vers. Eh ! c'est que le poète
Ne cherche son sujet que chez lui, dans sa tête;
Il reste dans la lune et s'en va, le rimeur,
Etudier de près de Phœbé la pâleur...
Qu'est-ce que ça nous fait à nous la Poésie
Qui soupire et qui geint, morfondue et saisie ?
Mais prenez un sujet actuel et vivant,
Rimez-moi là-dessus un poème charmant,
Où, tout en vous livrant à votre fantaisie,
Vous vulgariserez une bonne industrie ;
Où vous raconterez d'un ton presqu'amusant
Comment un homme fit fortune en travaillant.
Soyez de bonne humeur, caustique, fantastique,
Aimable, intéressant, même parfois comique.
Je suis, moi, convaincu qu'on vous lira ; bien plus,
C'est que souvent vos vers même seront relus.
Les Français sont ainsi... Les choses sérieuses
Font froncer leurs sourcils ; ces natures rieuses
Veulent apprendre, mais toujours en s'amusant.
Parbleu ! Déguisons-nous en Arlequin savant :

Disons-leur, s'il se peut, les meilleures des choses,
Mais cachons-les toujours sous les fleurs et les roses...

Or donc, voilà pourquoi, loin de désespérer,
Je compte bien, lecteurs, vous voir tous dévorer
Ce poème où, lâchant bride à ma fantaisie,
Je chante un homme qui, grâce à son industrie,
S'est fait un nom tout en étant utile à tous ;
Philanthrope admiré, même par les jaloux,
S'est fait bénir, aimer un peu par tout le monde,
Et sut gagner enfin une fortune ronde.

Ne vous attendez pas, je vous l'ai déjà dit,
A ce grand vers pompeux qui jamais ne sourit...
Non, ma prétention est de faire sourire ;
Et tout en amusant de pouvoir instruire.
Et quand vous aurez lu ce poème étonnant,
Vous vous direz, ma foi, peut-être en souriant :
Tiens, mais il a du bon, ce rimeur, ce poète ;
C'est fort commode enfin ce système ; on achète,
Sans s'en apercevoir, bon marché, chez Crépin
Ce dont on a besoin. J'irai demain matin !

Voilà pourquoi, lecteur, sans regretter ma peine,
Je te sers aujourd'hui ce produit de ma veine,
Comptant qu'après avoir un peu souri, ma foi,
Boulevard Ornano, tu t'en iras tout droit.

CHANT PREMIER

L'agonie de Monsieur Crédit.

I

Dans une chambre mansardée,
Couché sur un tout petit lit,
Gît, pâle et mine résignée,
Un moribond : Monsieur Crédit...
Il est maigre comme Carême.
On voit qu'il a dû bien souffrir.
A sa figure pâle et blême,
On devine qu'il va mourir.
Sur les murs tout nus, rien ne reste;
Chaque tiroir est bien vidé;
Tout dans cette chambrette atteste
Une effroyable pauvreté.
Ce pauvre Crédit agonise,
Et dans son délire attristé,
Il dit, d'une voix qui se brise :
« Les mauvais payeurs m'ont tué...

» J'avais richesse et grasse rente;
» A force de prêter, hélas!
» Et de vivotter dans l'attente
» De ce qu'on ne me payait pas,
» Je n'ai plus rien, et la tristesse
» Me conduit bien vite au tombeau,
» Sans espérance, sans caresse,
» N'ayant à boire que de l'eau...
» Et près du chevet solitaire
» Où je casse ma pipe, hélas!
» Personne ne vient pour me faire
» Facilement passer le pas...
» Cependant j'étais un bon homme,
» Et je crois que, bien soutenu,
» J'eusse rendu service comme
» Nul n'en aurait jamais rendu...
» Hélas! entre des mains cupides
» Ayant le malheur de tomber,
» Fourvoyé par de mauvais guides,
» Je ne pouvais que succomber...
» Oh! que je plains ces pauvres diables
» Auxquels seul je faisais un sort!
» Ils diront bientôt, misérables :
» Crédit se meurt, Crédit est mort! »

II

A ces mots, prononcés d'une voix maigrelette,
La porte s'entrouvrit, et, comme une tempête,
Entrèrent deux ou trois personnes en criant...
Crédit a frissonné d'horreur en les voyant...
C'était un usurier à petite semaine,
Une marchande à la toilette — horrible hyène;

Enfin un juif barbu, sale, effrayant, crasseux,
Que nous connaissons tous; bref, un trio hideux
De gens vendant cent francs ce qui n'en vaut pas trente,
Mais vous offrant du temps... c'est là ce qui vous tente.
« Pauvre monsieur Crédit! » dirent-ils à la fois,
Du lit en s'approchant doucement tous les trois,
« Vous étiez donc malade, et ça sans nous le dire...
» Mais vous allez bientôt vous lever et sourire.
» Nous allons vous sauver et bien vous guérir, nous...
» Car nous avons toujours un grand besoin de vous...
» Vous mort! grands dieux! adieu notre petit commerce!
» C'est avec votre nom que le client se berce;
» Que nous pouvons (pour nous c'est très intéressant!)
» Lui prêter ou lui vendre à quatre-vingts pour cent...
» Allons, buvez ceci, c'est l'Extrait Malhonnête...
» Une main de Coquin soutiendra votre tête... »

Monsieur Crédit cherchait en vain à reculer,
A fuir ces soins affreux qui le faisaient râler...
Quand soudain, repoussant ce trio détestable :
« Mais vous m'assassinez, ô race abominable!
» S'écria-t-il. C'est vous qui, me déshonorant,
» M'avez mis où je suis, pour gagner de l'argent.
» Qu'avez-vous fait de moi, par vos ruses cupides?
» Vous m'avez torturé de vos mains trop avides...
» Aujourd'hui, grâce à vous, surtout aux gens d'honneur,
» En offrant du crédit, vous inspirez la peur...
» Mon nom signifiait travail et confiance;
» Vous, vous en avez fait et vol et méfiance...
» Je pouvais être utile... En ce jour, plein d'effroi,
» Nul ne me considère et n'a recours à moi.
» Je suis mort... Ah! fuyez, race sans cœur et vile,
» Et laissez-moi du moins mourir en paix, tranquille. »

Mais le trio maudit pressait le moribond,
Quand soudain dans la chambre arrivant d'un seul bond

Un homme, en écartant la hideuse pléiade,
S'approche doucement du chevet du malade...
Il lui tâte le pouls et dit : Il était temps!...
Et tout bas, à Crédit il parle fort longtemps.
Puis le front haut, fier, la lèvre frémissante,
L'homme se retournant vers la horde tremblante,
Leur désigne d'un doigt vainqueur Monsieur Crédit,
Qui, rose et frais, s'habille et tout gaillard sourit...
« Vous, vous l'aviez tué, moi je le ressuscite...
» Arrière! hors d'ici! dit-il, race maudite!
» Qui vous feriez damner pour votre or détesté.
» Vous êtes des bandits, je suis l'Humanité...
» Ce que vous n'avez fait, c'est moi qui vais le faire
» Désormais, et malgré votre vaine colère,
» Je vous prouverai bien qu'avec la Bonne Foi,
» En adorant toujours l'Honneur comme seul roi,
» A tous rendant service, à tous étant utile,
» On gagne plus d'argent que vous, race imbécile!
» Voyez ce malheureux par vous assassiné,
» Ma science, d'un seul mot, l'a ressuscité...
» Crédit est immortel, et dès ce jour il prête
» A quiconque a besoin, pourvu qu'il soit honnête...
» Et maintenant, dehors! vous me faites horreur.
» Allez plus loin mourir de honte et de fureur! »

Et pendant qu'il parlait, rempli de véhémence,
Son grand front éclatait de noble intelligence.
Et son œil pétillant, d'un regard assuré,
Semblait dire : « Mon plan sera exécuté. »

» Eh bien! papa Crédit, » dit-il d'une voix forte,
Quand tous ces vils marchands eurent passé la porte,
« Nous voilà donc remis!
» — Oh! mon fils, mon sauveur!
» Tu seras grand, bien grand, par la tête et le cœur...

» L'humanité te doit toute reconnaissance,
» Car tu lui consacras et ton intelligence,
» Et ce que Dieu t'a mis d'excellent dans le cœur
» Pour faire des humains ici-bas le bonheur.
» Viens, partons sans retard, mettons-nous à l'ouvrage,
» Montrons à Paris ce que peuvent : Courage
» Persévérants efforts et sage volonté,
» Quand on travaille pour la sainte Humanité.
» Ami, ton nom?
» — Mon nom, à quoi bon vous le dire?
» — Soit. Bientôt en tous lieux je le verrai reluire...
» Reste donc du Crédit l'immortel médecin. »

Vous l'avez deviné, cet homme était Crépin !

CHANT SECOND

La Résurrection du Crédit.

I

Monsieur Crédit s'assit, Monsieur Crépin toussa,
Cracha dans son mouchoir, et puis il commença :
« Mon plan est simple et sûr ; en deux mots, je veux faire
» Ce que nul n'avait fait, chose extraordinaire,
» Je veux vendre à crédit à tous, oui, sur ma foi !
» Oh ! mais bien entendu, sauf à l'homme sans foi...
» Toilette, nouveautés, habillements, ménage,
» Je fournirai de tout et sans le moindre gage...
» Autrefois il fallait pour pouvoir emprunter
» Pour pouvoir, à crédit, tu le sais, acheter,
» Présenter pour le moins certaine garantie.
» Je ne demande rien, rien qu'une honnête vie...
» Je prête sur l'honneur.
» — Mais tu seras dupé.
» — Dans un instant, mon cher, tu seras détrompé.
» Ecoute-moi. Suppose un moment que l'envie
» Te vienne d'acheter une tapisserie.

» Elle coûte cent francs et tu n'en as que vingt ;
» Tu n'as pas de crédit, ton désir devient vain.
» Et la plupart du temps, ton argent se dépense.
» Où ? tu n'en sais trop rien, plus vite qu'on ne pense.
» Donne-moi ces vingt francs, et puis tous les huit jours,
» Augmente le magot pour gagner tes... amours ;
» Et dès qu'il atteindra la moitié de la somme,
» Ton tapis est à toi.
» — Je ne comprends pas comme...
» — Mais, farceur, c'est bien simple et tu complèteras
» La somme par semaine ou comme tu voudras.
» — Bien ! mais il te faudra des magasins immenses.
» — Oh ! peut-être plus tard, plus grands que tu ne penses.
» Mais pour le moment non, vois-tu, je m'entendrai
» Avec tous les marchands.
» — Soit ! Je t'arrêterai
» Cependant sur un point... Mon cher, c'est trop de peine
» Que porter de l'argent chez toi chaque semaine.
» — Ces objections-là font vraiment mon bonheur.
» Pour recevoir l'argent, j'aurai le receveur... »

Je n'ai point le projet de commettre ce crime
D'aligner fort en vain deux ou trois mille rimes,
Pour vous apprendre ici ce que Crépin entend
Par la Vente à crédit, Vente à l'abonnement ;
Ce serait ressasser ce merveilleux système,
Et ce n'est point pour ça que je fais ce poème.
J'aime mieux vous conter comment cet inventeur
Réalisa son but ; puis, avec quel bonheur,
Allant toujours tout droit, et d'un pas énergique,
Il sut mener à bien son Plan Economique.

II

C'est en cinquante-six, qu'ayant ressuscité
Monsieur Crédit, Crépin, dans la grande Cité,
Lança tout doucement d'abord sa circulaire.
Dès le début, ma foi, vraiment on ne crut guère
A ce que promettait l'industrieux chercheur.
Vendre à crédit et sans intérêt : Quel farceur !
Dirent les uns, ou bien c'était une utopie,
Bonne sur le papier, peut-être en théorie ;
En pratique, jamais. Trop grands étaient les frais...
Et Crépin laissait dire, invoquant le Progrès...
Et déjà d'un œil sûr, contemplant son idée,
Crépin l'entrevoyait toute réalisée...
Laissons dire les sots, pensait-il, et plus tard
Je narguerai l'envie et son masque blafard...

En France, les débuts sont durs dans l'industrie.
Innove-t-on, il faut tout d'abord que l'on rie,
Sauf à dire : Très bien ! à ce qu'on critiqua ;
On blagua donc Crépin, on caricatura
Crépin ; en homme fort, il laissait faire et dire.
Qu'ils raillent, disait-il... m'oublier serait pire...
Et l'on ne vit bientôt partout que ses commis,
Courant les boulevards, comme des princes mis...

Bref, la vente à crédit et le nouveau système
Aux cancans de Paris servit d'abord de thème,
Et puis on essaya... si bien, dam ! qu'à la fin
La vogue s'empara de ces Bons de Crépin...
C'était le premier pas... qui donne du courage ;
C'était bien quelque chose : il voulut davantage...

Un autre, là-dessus, se serait endormi,
Mais lui ne laissa pas son ouvrage à demi...
En ardent travailleur, il cherche, il creuse, il scrute.
Il veut le bien, il veut le mieux, et, fort, il lutte ;
Sans repos jour et nuit, toujours il est debout...
Il voit tout de ses yeux, comme il surveille tout.
Caressant son idée, il la perfectionne ;
Il la prend, la grandit, la choie et la bichonne.
Le bien-être de tous est son unique plan,
Au chemin du progrès il n'est jamais en plan...
O Succès ! contre toi, trop souvent se déchaîne
De concurrents jaloux l'impitoyable haine.
A cet Homme de Bien rien n'est donc épargné,
Dans les plus noirs venins parfois il est baigné ;
Mais, impassible et fier comme l'homme d'Horace,
Dédaigneux et drapé dans son triomphe, il passe.
Et, triomphant toujours, en moins de dix-sept ans,
S'agrandissant neuf fois, répond aux concurrents...
Diplomé, médaillé pour son idée utile,
Il compte les clients par centaine de mille.
Vendre à crédit avait été son objectif,
Dans tout Paris son nom devient un adjectif,
Un nouveau mot offert à la langue française,
Où sans gêne Crépin s'installe fort à l'aise ;
Il veut dire acheter à crédit et très bon,
En payant par semaine et recevant un Bon.
Son nom partout devient public et populaire
Chez le riche bourgeois et chez le prolétaire...
Partout on l'aime, enfin, partout on le bénit
Comme un restaurateur, en France, du crédit...
Et toujours simple et doux dans son intelligence,
Cet homme, qui manie un capital immense,
Semble dire, drapé dans son honnêteté :
« Mon succès, c'est un mot, un seul : *Humanité !* »

III

L'Humanité, c'est bien en effet le problème
Qu'il s'était proposé pour fonder son système.
Que d'autres cherchent là l'habile commerçant,
(Au fond, parbleu, pour lui ça n'a rien de blessant.)
Mais moi j'aperçois là les plus hautes pensées
Qui dans un cœur humain se trouvent condensées.
Vendre à crédit, mon Dieu, cela n'a l'air de rien...
Mais Crépin, par ses Bons, fait des hommes de bien.
Grâce à lui, l'ouvrier apprend l'économie;
Grâce à lui, la famille en devient plus unie.
Du chemin du café lentement écarté,
Chacun apprend bientôt à fuir l'oisiveté.
On sait du temps perdu la force, la puissance
Lorsqu'en l'accumulant il procure l'aisance,
Et permet de s'offrir ce dont on a besoin.
Ce moraliste avait vu de haut et très loin!
Combien de désespoirs surgissaient de l'impasse
Où l'honnête homme qui n'arrive à rien se lasse!
Crépin teignit en rose un horizon si noir,
Et pour tous il créa le souverain espoir.
Ces pensers généreux méritaient récompense.
Le public l'a donnée, incomparable, immense.
Cette institution, célèbre en tout Paris,
A prospéré malgré les haines et les cris...
Mais les jaloux en sont pour tous leurs frais de rage.
Ils étaient furieux de voir tant de courage,
D'ordre et d'économie avoir ces résultats.
En vain ils essayaient, sous les plus vils crachats,
De ternir, de souiller cette gloire si pure...
Le public imposait silence à leur murmure...
Et, marchant toujours dans la route du succès,
Il brise ses rivaux sous d'immenses progrès...

IV

Va donc, Crépin, poursuis ta voie,
Et sans trébucher en chemin,
Sous ton immense succès, broie
Tous tes concurrents dans ta main.
Laisse tout dire, laisse faire
Même ceux qui prennent ton nom.
Ils ne te prendront jamais, non,
Ta grande idée humanitaire.

Le noble, le petit bourgeois,
L'ouvrier et le prolétaire,
L'homme qui se trouve aux abois,
Le malheureux qui désespère,
En toi trouvent un bienfaiteur
Qui les invite et les convie
Aux jouissances de la vie.
Ton œuvre est une œuvre de cœur.

Ce palais que tu fis construire
Seulement avec ton labeur,
Chaque passant peut bien y lire
Ces mots ton vrai blason d'honneur;
Chaque moellon y parle, y crie :
Travail, courage, humanité,
Persévérance, loyauté,
Ordre, bon cœur, économie !...

Et quand plus tard, beaucoup plus tard,
Aura sonné ta dernière heure,
Lorsqu'un étranger, par hasard,
Contemplera cette demeure,
Nous dirons, sans mentir en rien :
C'est un palais humanitaire,
La demeure de notre père,
Le palais d'un Homme de Bien.

APOTHÉOSE

Le Palais du Travail.

Dix-sept ans sont passés depuis l'heure bénie
Où Crépin entreprit, seul avec son génie,
Cette œuvre qui devait, oui, l'immortaliser,
Et que lui seul pouvait et devait même oser.
Seul dans son cabinet, seul avec sa pensée,
Crépin repasse en lui l'existence passée ;
Il se voit débutant, recherchant sans fracas
Le succès lentement qui vient à petits pas.
Il voit se dérouler devant lui sa carrière
Dont son âme a le droit d'être orgueilleuse et fière.
Il songe en souriant à cet or bien acquis,
A ce nom bien porté, si vaillamment conquis.
Il songe à cet enfant auquel, par son courage,
Il laissera plus tard un splendide héritage...
Avec orgueil il songe à chaque heureux qu'il fait,
A ces jours dont chaque heure est un nouveau bienfait.
Soudain le cabinet en tous lieux s'illumine.
Un génie apparaît : sa figure est divine.

De Crépin il s'approche et lui dit : Ami, vien
Chercher ta récompense, à toi qui fis le bien...
A toi qui, travailleur infatigable, austère,
Compris ta mission de labeur sur la terre...
Du triomphe le jour pour toi, Crépin, a lui !

Sur un grand boulevard il l'emporte avec lui...

Boulevard Ornano s'élève, magnifique,
Un palais merveilleux où se dresse un portique...
Sculpté sur son fronton de pierre on y voit peint
Avec ses traits si bons un homme : c'est Crépin...
D'immenses magasins à l'intérieur s'étendent ;
Les marchandises, là, par milliers s'épandent.
Dans leur arrangement, quel goût ! quel art !... les yeux
Sont ravis, éblouis de l'effet merveilleux !...
Cela tient du prodige et de la féerie,
Et c'est presqu'un second Palais de l'Industrie !...

C'est devant ce palais que s'arrête Crépin,
Conduit par le génie au sourire divin.
« Je suis le Travail, dit l'auguste personnage.
» En toi je récompense énergie et courage,
» La loyauté, le cœur et d'incessants efforts...
» Ce palais, je te l'offre. Accepte sans remords...
» Car tu l'as bien gagné par toute une existence
» De travail. Viens, suis-moi dans cette salle immense.
» Tu vas retrouver là le fruit de tes bienfaits,
» En contemplant ici les heureux que tu fais. »

Ils entrent : aussitôt apparaît une foule
De gens jeunes ou vieux, reconnaissante houle,
Qui, poussant des hurrahs, accourt au-devant d'eux,
Les mains pleines de bons, de larmes pleins les yeux.

« Ce sont tous tes clients, reprit ce bon génie ;
» Ils te doivent à toi cent fois plus que la vie :
» Ils te doivent bonheur et la tranquillité.
» Contemple-les avec une noble fierté :
» C'est ton œuvre, Crépin... Tu vois qu'elle est immense.
» Mais rien ne vaut aussi cette reconnaissance
» De deux cent mille heureux que tu fais, que tu fis,
» Et que tu lègueras plus tard à ton cher fils.

En achevant ces mots, disparaît le génie.
Et Crépin resté seul, charmé, l'âme ravie...
Murmurait de bonheur, ému, tout transporté :
« Il est bon d'être utile à notre Humanité. »

Paris, 9 juillet 1874.

COMPLÉMENT

ET

NOTES INDUSTRIELLES

LA FIDÈLE

Oui, c'est une Machine à coudre
Que Crépin a fait fabriquer
Fidèle et qu'on ne peut découdre.
Son bon point l'a fait remarquer.
Aux femmes servant de modèle,
Elle semble dire en marchant :
Comme moi sois bonne et fidèle,
Et ton mari sera content.
Cette Machine précieuse,
Que Crépin vend à moitié prix,
Bien qu'elle soit silencieuse,
Déjà fait du bruit dans Paris.

LA LESSIVEUSE

Il est plus d'une ménagère
Qui voit arriver en tremblant
L'époque où la famille entière
Aura besoin de linge blanc...
Eh bien ! grâce à la Lessiveuse
Que Monsieur Michel inventa,
C'est en chantant, lèvre rieuse,
Que maintenant on lessivera.

En un clin d'œil, presque sans peine,
Le linge sort de l'appareil,
Comme d'une bouillante gaine,
Propre, frais, d'un blanc sans pareil.
Aujourd'hui vraiment l'on peut faire
Chez soi la lessive en riant,
Et de la laveuse ordinaire
Michel devient le fabricant.

LE FOUR MICHEL

Comme coup d'œil, comme chauffage,
Comme cuisson, comme transport,
On ne peut trouver davantage.
C'est un Four qui vaut son poids d'or.
Il s'applique à tous les usages,
Il est commode et n'est pas lourd.
Aussi près de tous les gens sages
Le Four Michel n'a pas fait four.

LE SOUFFLET FROSSARD

Ce Soufflet est presque un mystère,
Enflammant dans un seul éclair,
En un instant charbon de terre.
Tout brûle à son souffle d'enfer.

FIN

Paris. — Imprimerie Duval, rue d'Arcet, 26.

www.ingramcontent.com/pod-product-compliance
Ingram Content Group UK Ltd.
Pitfield, Milton Keynes, MK11 3LW, UK
UKHW021032220726
13924UKWH00001B/272